왜 빨간 사과를 버렸을까요

시작시인선 0431 왜 빨간 사과를 버렸을까요

1판 1쇄 펴낸날 2022년 7월 20일
지은이 양수덕
펴낸이 이재무
기획위원 김춘식, 유성호, 이형권, 임지연, 홍용희
책임편집 박찬세
편집디자인 민성돈
펴낸곳 (주)천년의시작
등록번호 제301-2012-033호
등록일자 2006년 1월 10일
주소 (03132) 서울시 종로구 삼일대로32길 36 운현신화타워 502호
전화 02-723-8668
팩스 02-723-8630
블로그 blog.naver.com/poemsijak
이메일 poemsijak@hanmail.net

ⓒ양수덕, 2022, printed in Seoul, Korea

ISBN 978-89-6021-643-3 04810
       978-89-6021-069-1 04810(세트)

값 10,000원

왜 빨간 사과를 버렸을까요

양수덕

천년의 시작

시인의 말

시인은 그 멀리를 편애하는 자

미래의 당신을 만날 수 있을까

언어의 양식장 안에 갇힌 자가 부르는

당신이라는 애칭을

지금은 난기류인……

2022년 7월 양수덕

차 례

시인의 말

제1부

제1부

기존

이미 건축물이 되었다 덩실한 상징 한 채

이미 손을 털었다 다시 돌아갈 길이 없는……

이미 웃음을 버렸다 오픈식의 빨간 테이프는 일회용

이미 바라보는 풍경이 되었다 익숙한 눈길에 녹물 든다

이미 익어 버린 가뭄, 목이 마르다는 아우성이 끌려다닌다

이미 물 말은 밥, 술술 넘기기는 좋지만 선택은 없다

이미 빈 주머니로 남았다 낯선 방문객에게 줄 것이 하나
도 없다

공유할 수 없는 것들 1
—안과 밖

들판이 붓을 들어 빛바랜 벽돌집을 그렸다
하늘의 숨구멍을 낸 그 집이 사람의 얼굴보다 좋아서
신문에 실린 그림을 오려 가족사진 앞에 두었다

그림 속으로 들어가니
껍데기 벗은 사람 하나 드러난다
오후의 막다른 빛이 방문객의 뺨을 비비고
들판의 풀들은 이유 있는 동행자라고 말한다

이 그림이 가족들의 얼굴을 가린 게 혁명인가
그렇다면 핏줄보다 붉은 연애담을 불러와
볼이 미어지도록 나팔을 불겠다

모두를 떠난 당신이
알맹이 그 사람 아닌가?
태어날 때도 죽을 때에도 혼자인……
숨길 수 없는 톱니들이 혀에 물린다

이상하게도 고적한 사람의 쓸쓸함이
밋밋한 벽돌집 안에서 토실한 숨결로 익어 간다

아마도 이 집은 눈썹이 짙은 수도자의 외벽일 것이다

속 보인 주머니 떨떠름한 밑천
나는 자주 이 그림 속으로 들락거리겠고
당신은 자주 나를 미워할 것이다

공유할 수 없는 것들 2
—나쁜 공기

더부룩하게 깔린 공기를 만져 보는 것으로 하루를 시작
하는 당신은
불면의 밤을 이어 예민한 촉수가 된다
이 정도나 되어야 또 하루를 견딘다는 것 미리미리 다짐
해 보는 일이지

거리의 구둣방에서는 더러워진 구두를 유쾌한 무릎 위에
놓고 눌어붙은 이물질에 깨끗한 침을 발라 준다 더 이상 더
러워지지 말라고 손이 닳도록 코팅까지 해 주네

당신은 들었을 거야
말도 안 되는 허튼 소리를
당신은 보았을 거야
눈을 감게 하는 질 나쁜 화면을
당신은 맡았을 거야
향기를 마다한 떠버리 냄새를

자꾸 앞으로 가려 해도 무언가가 잡아당겨
이 분위기의 메이커들은 목이 점점 뻣뻣해지고 이마에
빨강 털이 나

그래서 당신은 우울하게 지루하게 익어 가는 뒤통수

얌전하게 다소곳하게 있으나 마나 한 미라는 구시렁거리지 않지 놀라지 않지 잡힌 발목만 수초처럼 흔들려 당신의 생존법은 죽는 법 살아서 죽는 법 우물우물 나쁜 공기의 씨를 뱉으며 예민한 촉수로 세상을 찌르는 흉내나 내며

공유할 수 없는 것들 3
―사랑

얼떨결에 사랑을 사탕이라고 발음한다
헛디디고 보니 쓸 만하다
일생에 한 번 찾아올까 말까 한 사랑이
손안에서 호주머니 안에서 동글동글 만져지는 느낌으로

달콤하고, 많이 취하면 질리고, 받기도 버리기도 쉬운 사
랑과 사탕이
아낌없이 주느라 물구나무설 때
입 안 가득 고이는 라임 오렌지 섬

쓸쓸한 가슴을
사랑과 사탕이 없는 바구니라고 부르니 차갑게 오그라드
는 입
사랑이 사탕발림의 입술로 다가와
철이 난 행세를 하는 어느 날을 곱씹으며
또는 사탕을 구걸하듯 사랑의 비렁뱅이였던 때를 떠올리며

사랑을 사랑이라는 알몸으로 발음하니
스스로에게 기대는 사랑만 남아서 떫지, 춥지, 일생을 걸
어도 닿을 수 없지

공유할 수 없는 것들 4
—차 한 잔의 빈칸

그대들과 차 한 잔을 나누지 못해 나는 표정의 뒤편이다

햇살이 손짓을 할 때 손사래 하며 아침을 누더기로 입혔다
새들이 명랑한 노랫소리를 찻잔에 넘치게 부어 주어도 받지 못한 채 종일 어두움만 익혔다
꽃들이 향기로운 입술을 내밀 때에도 이다음, 이다음이라고 미루었다
나뭇잎들이 걸림 없는 바람을 날라 올 때에도 그곳에 머무르지 않았다
강물이 티 없는 흐름을 보여 줄 때에도 알아채지 못하였다
부신 달빛 저버린, 달 가려진 날들의 시시함이며
스쳐 가는 별에게 깜깜한 하늘 덧칠하면서 붙잡아 두지 못하였다

빈칸을 부르지 않는 삶의 촘촘한 감옥

차 한 잔도 나누지 못했던 궁기의 표정이다

공유할 수 없는 것들 5
—핸드폰, 인공의 수명

죽고 사는 문제가 메뉴판이라면 순간 설레기도 하겠지
점심때 먹을거리 가위표 긋고 저녁때를 참하게 기다리겠지

잠을 보채는 머리맡에서도 새 행성들을 찾아 주었던 너는
내 눈빛을 읽는 일인자

언제부터 네가 명을 이어 갔는지…… 메뉴판이 턱까지
온지도 몰랐네

메뉴판의 글자들이 둘로 쪼개졌네
맛있게 보이는 것은 삶 쪽으로 냄새를 새게 했고 맛없이
보이는 것은 사라짐의 레시피였어

저편 터널로 빨려 가다가 어찌어찌해 다시 돌아온 너의
분홍 손톱을 만지작거렸지만

잠깐 보인 끄트머리 숨결인 줄 모르고 네가 저물녘을 다
건너갔을 때에야 비로소 너를 잃은 줄 알았다니

방향을 잃은 운전대가 보여 육신이라는 것 입맛이 떨어

지는 일

　너의 부재 앞에서 두 갈래 길이 칭얼거린다 메뉴판의 글
자들이 지워지고 또렷해지고

공유할 수 없는 것들 6
—투명한 물질

체리는 무대 공포증이 없어 어디든 불려 가 벽을 넘어

체리가 간 곳은 자작나무의 족보, 자신을 투명한 물질이라고 소개했지 자작나무의 곧고 하얀 줄기는 작은 흠집도 부끄러워하기에 체리는 친구가 되기로 했어

체리는 저쪽 누군가의 시선으로 옮겨 갔어 컴컴한 덤불 속 의문표들 곧 덮칠 거라는, 아작 낼 거라는, 가해자의 한 입 거리라는, 똬리 튼 뱀들의 혀가 자꾸 속살에까지 달라붙어 사이비 물질이란 대체

체리가 행복할까 체리를 보는 자가 행복할까 체리가 죄가 있나 체리를 훔치는 자가 죄가 있나 체리의 회전 무대가 돌고 있어 체리가 토라지지 않기 위해 모범 관람객만 모이기를—

공유할 수 없는 것들 7
—명절

때 되면 사라지는 사람
달이 뒷문을 여는 때

누구도 잡아 주지 않은 손
한가위 보름 달빛에 차가운 손 들킬까 봐 순록을 불렀다
채찍질 달린다 아무도 찾지 않는 추운 나라의 사춘기에 가
는 손
가족이 없어서 있어도 혼자라는 무인칭

빛보다 더 차가운 반짝임으로 공기보다 더 순한 호흡으
로 산보다 더 큰 장엄함으로 옷을 짠다 외로움이라는 옷은
털빛이 고와서 그는 선호하지

그림자를 지우는 데 고민하지 않는, 신발 한 짝도 흘리지
않는 퇴장, 빛바랜 줄 희미한 끈이 소낙비처럼 그를 덮친다
해도 그 사람 찾을 수 없다

겹겹 그의 옷들만 걸려 있는 달의 난간에

공유할 수 없는 것들 8
—피노키오

눈썹 하나 흐트러지지 않고 거짓말 놀이에 빠진 피노키오가
지구 밖으로 탈출을 시도한다

　거울의 깊이를 의심하는 손가락질
　오늘도 어제보다 코가 더 길어졌으나 길어진 제 코를 보지
도 만지지도 않아

　없는 돈 들여 시킨 공부는 하지 않고
　사방 헤집으며 망가뜨리고 짓밟는 것은······

　이건 장난이 아니야 반듯한 것들을 밀어내는 수작이야 지
구상에서 너를 받아 줄 곳은 어디에도 없어 성난 말들이 눈
총으로 쏟아지고 피노키오는 겨울보다 차가운 음지에 떠밀
려 간다

　피노키오를 나무둥치에 앉히는 어른들
　넌 원래 목수 제패토가 보기 좋게 만든 나무 인형이었어
너를 끔찍이 사랑하니까 네가 저지른 난장판을 눈감아 주는
거지 넌 원래 손가락 하나 까딱할 수 없는 구경거리였다니까

>

어느새 사람들의 골칫덩어리가 된 피노키오

착한 결말로 가는 길을 보이지 않아

거참 거참, 목수 제패토는 쉬어 버린 한숨으로 담배를
태우고

피노키오는 오늘도 지구 밖으로 탈출을 시도한다

공유할 수 없는 것들 9
―사과 주스 같은,

사과는 파랗다 풋사과는 그렇지
사과는 노랗다 한물가면 그럴 수도 있지
사과는 꺼멓다 꺼멓다 꺼멓다고 아무리 우겨도 사과는 빨개
어떤 꿍꿍이에도 통하지 않는 빨간 은유

Justice라는 말 꺼내자마자 사과 주스가 유리컵에 담긴다
유리컵의 기대치는 사과의 영혼
상큼한 Juice를 따라 놓은 Justice가 사과 알을 비춘다

누군가의 유리컵에도 사과 주스가 담겼겠지
버린 말, 안개비로
꺼먼 사과 주스, 죄스러움으로
마실 수 없는 허기, 보챔으로

우리는 왜 빨간 사과를 버렸을까요
우리는 왜 빨간 사과에 목매달았을까요 이토록
우리는 왜 빨간 사과의 은유를 잃었을까요
우리는 왜 빨간 사과의 은유를 간직할까요 이토록

공유할 수 없는 것들 10
—스티로폼 그릇

새하얀 와이셔츠를 입은 스티로폼 그릇들, 뷔페식당이
떠들썩하다

어서 데려가 주세요 우리에게 하얀 치자꽃 향기는 나지
않지만 간편 시대에 걸맞게 얼마나 쓸 만한지 알잖아요 우
릴 보고 투덜거리는 이들이 많은데요 우리라고 불만이 없
겠어요? 소리를 죽이고 엉터리로 사는 걸요 그렇지만 불의
는 못 참아요

불의는 못된 바이러스, 그런 때 우린 옷을 벗어요 하얀 와
이셔츠에게 미안한 일은 절대 안 하니까요

노란 스크램블이 납작하고 둥근 가슴에 담겨져 당신의 시
선을 받는 것만으로도 행복하네요 모닝 빵과 소시지와 야채
들이 한가득 안기고 나면 꿈을 꾸지요 먹을거리의 향기에
취해 가슴이 눈부신 정원인 양 몽롱한 구름에 실리는 거지
요 무슨 꿈인지 그건 알려 줄 수 없어요 당신이 우리를 이웃
으로 바라본다면 알 수 있는 거니까요

아마도 당신이 잃어버린 꿈속 눈물일 것 같은데요

후식 때 뜨거운 커피가 담기면 설탕의 감정으로 녹아 버
리고 싶어요 말하자면 식사 후 커피 한 잔은 우아한 컵에

다 마셔야 하는데 당신의 마지막 불평을 안고 가야 하네요

개기름 낀 우리의 와이셔츠와 나비넥타이를 당신이 커다란 쓰레기통에 버리고 돌아갈 때 보았어요 우리와 똑같은 스티로폼 당신이 식당 밖으로 나가는 것을요 우리와 같은 가벼움으로 입을 닦았다는 것을요 당신이 즐거운 여행자라 다행이에요

세상의 뷔페식당에 차려진 당신이라는 그릇 떠들썩하게 떠나가네요

난청 구역

귀들이 문을 닫기 시작했다

할 일이 없어진 귀들은
빈집의 쓸쓸함을 달래려고
새파란 물감을 벅벅 칠했다
여기는 고요한 웰빙 놀이터예요 헤프게 놀러 오세요

한 귀가 다른 귀에게 가는 벽 너머, 너머의 식은땀 너머
사차원의 안테나가 움찔거려도 쓰지 못하고

닫힌 귀의 문틈으로 아리송한 건더기가 내비쳤다
제 말은요
아니, 그게 아니고요
우리가 원하는 것은요

동토를 깨부수고 나온 매머드가 우렁찬 소리를 지른다 해도
끄떡도 안 할 귀들

귀의 퇴화는 장미꽃을 든 도둑처럼 찾아왔다

0을 변명하다

나는 빈털터리입니다 주머니 사정의 문제는 아니지요 꿈
속에서도 회색의 문턱들이 모가지가 잘린 인형들처럼 반깁
니다 노란 나팔 소리가 다발로 뿌려지는 미래의 행진곡 그
멀리를 바라보았으나 문턱에 걸려 나아가지 못합니다 꿈속
뜬구름의 성 위에서도 나는 미끄러지곤 합니다

아무것도 되는 일이 없다는 것은 좋은 일이지요 여백은
지루하지만 꿈을 주울 수 있는 도구가 되지요 그러니까 이
건 이상하고도 헛헛한 징조입니다 아시다시피 당신이나 나
나 이런 일에 온통 질퍽하게 잠기고 있다는 것을요

예와 아니요 사이에는 얼마나 헤픈 두근거림이 있는지요
실은 더 많이 부정으로 치닫는 느낌에 못을 박아야 하는 시
간입니다 자주자주 나는 벌서고 있습니다 빈 들판에 서서
나는 애써 들꽃의 분위기를 내며 눈을 감고 있습니다 눈감
고 싶은 것이 너무 많아 그 멀리를 잊기도 합니다

이건 이래서 안 되고 저건 저래서 안 되는 세상의 일에
떠밀려 어디까지 가야 하나요 다만 빈털터리 가슴을 뒤집
어 꿈이 흘린 취기의 부스러기라도 받으려 한다는 것을 이

야기합시다

　가장 쓸 만한 말 하나, 파격은 마른침을 삼키던 당신과
나의 기나긴 굶주림을 딛고 옵니다 그 멀리가 보이지 않는
푸른 여백 위에 서면 원시인의 울음소리가 들립니다 빈털
터리가 공짜 별을 주워 담듯 이 세상에서 가장 아름다운 말
하나 불러 봅니다

팬터마임

그는 따귀를 맞고 돌아왔다 뺨은 얼얼했고 하늘은 골내며 돌았다 손에는 뜯겨진 선물 보따리가 들려 있었다 보따리 한 귀퉁이에서 그의 늘어진 혀가 빠끔히 내밀었다

아무 말도 하지 못하고 못하고…… 유행가의 가사 한 소절이 애절한 도레미를 달아 주었다

모험을 하러 그 멀리 간 것도 아닌데…… 그의 독백을 타고 하얀 비둘기가 파닥거리다가 바닥에 떨어졌다 비둘기의 피를 보고 나서야 정신이 들었지만……

모든 예상은 위기를 감추고 있었던 것
뜻밖에, 그는 뜻밖의 사람이 되었다

스페인에서 사 온 소 인형과 눈이 마주쳤다
투우장에서 싸우지 않았고
상대는 거친 뿔로 그를 들이받지 않았다
단지 말의 간격만큼 떨어져 있던 그에게
상대가 일격을 가했을 뿐이다

손바닥 그림자가 그의 뺨에 붉은 화석 무늬를 찍었다
두 사람 사이에 대륙만 한 간격이 꿈틀거렸다

제2부

모네는 수련을 그렸으나

동물들의 뇌는 끼니에서 꽃이 핀다
밥 한 그릇으로 채워지는 뇌는 머리 굴리지 않는다

레이스 식탁보를 깔지 않아도 사자들의 식사는 우아하다
김이 나는 물소의 몸뚱이에 허겁지겁 이빨을 박을지라도
물소의 피와 살점을 노리는 것은 배 속의 사정이므로

물소 한 마리가 한 무리의 사자 식구들에게 꽃이 되는 과
정, 숨이 막히다
근질근질, 물소의 몸뚱이가 꽃봉오리로 모아지자
빨간 내장이 세상에서 가장 크고도 화려한 꽃으로 벌어진다
사자들의 혀에서 마무리되는 지극한 꽃향기

사람이 사람을 먹는다고 말하면 도덕적인 비애다
머리를 굴리느라 머릿속에서 괴상한 구더기들이 바글거리고
억울한 게 많은 사람들이 도덕적인 말투를 붙잡고 한가득
털린다

아침 닫기

햇살의 눈부심을 끌어당겨 중심에 서는 것은,
다 꽃들이다
하루를 끌고 가는 동심원이다

그 먼발치에 떨어진 불면 한 토막에서
왜 썩은 꽃대 냄새가 나는지
왜 흐린 거품이 고이는지
되돌아와 그 벌선 자국 다시 보게 되는지

아침이 오기나 한 걸까요
멀리 떠나요 자꾸만 멀어져 지구 밖으로 떨어질지 몰라요
우리에게는 불가촉이라는 말이 다정하게 느껴지는데요

비껴가는 시간의 마법에 걸려들어서요
선이 굵지 못해서요
굴리며 나아갈 바퀴가 없어서요
끈끈한 소맷자락이 닿지 않아서요

꽃들이 해의 축을 붙잡고
황금 잔에 담은 말로 떠들썩하게 건배를 할 때

눈 감고 입 다문 말,
흘러가지 않거나 과거형에 기대거나

허공의 다리들

훈데르트 바서*의 〈30일간의 팩스 그림〉에는 그들이 없고
우리는 시험에 든다

뿌리를 내릴 땅이 없어서
간직한 흙 한 줌에 가느다란 숨을 매다는 그들
튼튼한 나무가 호리호리한 풀이 되어 가는 허공에는
솜다리들이 날아다녀

허기가 달아오른 지구는 배를 움켜잡고
어지러운 잠, 들린 다리
지구 밖으로 눈물 젖은 자서전을 던지는 그들

〈30일간의 팩스 그림〉의 건물과 마을과 자동차와 사람이
뒤섞인 도시에 들어갈 수 없는
난민…… 그 어지러운 숙제, 더 큰 사랑의 숙제

* 훈데르트 바서: 오스트리아의 화가.

선인장

관리자는 의자에서 짓물러 갔다 꼭대기에 사는 새는 시력이 뛰어나지만 그는 예외였다 높은 도수의 안경에도 점점 눈이 흐려 갔다 보고 싶은 것만 눈에 안약으로, 방울방울 편애했다

전체를 천체라고 읊조릴 때가 많았다 그는 천체를 앞마당으로 부려 놓고 싶은 절규로 차 있었지만 전체가 보이지 않았으므로 엉터리 짜깁기로 일을 그르치곤 했다

단순 명랑하게 관찰자가 되기로 했다 세상 구경하는 일에 재미가 붙더니 고민이 없어진 얼굴이 반들반들했다 마음 뿌리에서 가시를 밀어 올린 것은 그때였다

달달한 기분은 중독성
아이스크림 한 숟갈씩 넘길 때마다 애완 꽃들이 피어나기를…… 백 년에 한 번 핀다는 꽃의 귀족이 되려면 아직도 95년이 남았나

나쁜 눈보다 더 고약한 가시가 사막을 그린다
관리자는 사막을 둘러본다 아무도 없다

애니메이션 속으로

척 여우들은 똘똘한 동물이 되려고 동물도감에 들어가
지 않았지

모르는 척, 착한 척, 일하는 척, 사랑하는 척……
다른 데로 고개 돌리지 않지 일 돌아가지 않지 앞으로 나
아가지 않지
다리를 남의 다리에 얹고 턱을 괴며 껌을 질겅거리며

알맹이 없이 부풀어도 공갈빵 가슴은 즐겁지
대충대충이 속삭이지 고만고만이 응석 부르지 쪼끔만이
달싹거리지

척 여우를 만날 때마다 빈센트*는 열이 오르지
숨은 여우를 불러내 바가지 씌워 주고 싶어 골려 줄까 봐
동화의 나라에 들어가서 붙어 볼래 척 여우야 여우야 뭘 잡
아먹을래? 잡아먹을래? 정말?

척 여우들이 도란도란 재미없는 페이지를 넘기는
여우 인형들의 천국
여기는 뜨겁지 않아요 뜨거움 호호 불지 않아요

* 빈센트 반 고흐

너무나 자주 축제

흉내가 또 운전대를 잡았습니다 눈 부릅뜬 운전자를 밀어낸 유령 운전자는 붉어지는 얼굴을 감추려다 휘리릭 더 붉어집니다 홍시가 빠른 속도로 마구마구 열립니다 고속도로에 그 많은 홍시들이 떨어지고 튀어 오릅니다 팽팽한 바퀴들에 짓이겨지고 으깨지고⋯⋯

대형 참사는 뒤통수를 치며 우리를 초대합니다 흉내의 얼굴들 시시덕거립니다 서로 던지다가 뭉개진 홍시들이 끝내는 바닥으로 깊은 잠을 끌어모으는군요 죄 없는 피비린내는 검은 눈물 흘리며 잠에 깃들지 못합니다

홍시가 잘 마른 꼭지를 뗀 것입니다 바닥을 다지는 데에는 불사조 또 어디로든 튀겠지요 흉내의 뺨이 붉은 상징인 것은 우리의 미래가 어둡지만은 않다는 이야기로 편집됩니다

고속도로 분리대에 한 건의 의무 기록이 넝쿨째 매달려 있습니다 새삼스러울 것도 침 튀길 것도 없습니다만 우리의 오래된 코 풀기 앞에서 찌푸려야 할지 담담해야 할지 잠시 생각 중입니다 흉내가 또 운전대를 잡은 날입니다

뻔한 이야기

한때는 나답게 살았다 아이 적 이야기였지 뭘 모르고 말이 터질 때마다 달이 떴다 별난 루나에 놀러 가면 착한 루나는 나의 말을 달빛 성에 앉혀 주었다

자라지 말걸…… 철이 든다는 것과 무덤을 스스로 파는 일이 동시에 꿰어지자 달은 뜨지 않고 별난 루나의 성문도 닫혔다

살아서 죽는 연습, 눈, 코, 혀가 죽고 나서 더러운 철망 우리 안을 풀밭 삼았고 썩은 음식을 허기진 배에게 매끄럽게 밀어 주었다 다리가 죽고 나서 마비된 다리를 철망 우리의 구조물로 얽어 놓았다 목구멍이 죽고 나서 자꾸 자라나는 말들을 가지 치다가 치다가 뿌리를 허공에 묻어 버렸다 귀가 죽고 나서 비명과 외마디를 잠재웠다

냄비에서 끓고 있는 특식은 보양의 식육 견인 내 살점이 아니라 온몸이 입이 되어 세상을 후비고 있는 뭉클뭉클 헐떡거리는 갇힌 자의 말이다

별난 루나의 성이 부른다 거기서 나는
달빛 성만큼 환한 말로 불룩해진 나를 만날 것이다

나비들

기우는 피켓을 들고 패딩 잠바 차림의 아줌마가 법원 앞
거리에 서 있다
피켓은 억울한 것들의 묘비명

목구멍을 벌려 영하의 허공 밖으로 나비들이 날아오르는데

어제도 오늘도, 내일이라는 안개 속을 헤치며
빛바랜 소리들을 꺼내려 큰물을 건넌다

찢어진 날개로 날아가다 엎어지고 다시 일어나 누군가의
발뒤꿈치에 딸려 가는 나비들 기어서 기어서 큰물을 건너야
하는구나 목적지는 철문 너머 암벽, 열쇠를 쥔 아군은 오지
않는데

수의를 입은 나비들

누구의 귀에도 솔깃하지 않는 소리들의 무기징역
그 출구가 없는 감옥에는

나쁜 소식 1

쓴 물을 가두고 있는 나미비아 사막

물 마른 시간을 달여 내
검고 단단한 육질이 된 나무 미라들이
죽었어도 꼿꼿하게 살아서의 말을 한다
더듬어 가면 그곳이 물 천지였을 때
푸른 별 하나를 챙겨 둔 것

눈, 코, 입 지워져도 최초의 상징으로 남아 있는 나무 미라들
쓴 물은 그들의 살과 피
그 맛 한번 핥기만 해도 누군가는 두 쪽이 날 것이다

나무 미라에게 접속 불량의 인사를 하고 스쳐 간다

아직 멀었다 죽어야 살지—
잠깐 죽었을 뿐인 자에게 나무 미라들이 떼로 몰려와 유혹
한다

푸른 별 하나 입에 물고 오는 밤이었다

나쁜 소식 2

눈이 문자인데
눈에 감춘 말이 별의 경전인데
읽을 수가 없구나 그 눈
읽혀지지 않는 경전을 침 발라 가며 넘겨 보나
참 낯설다
이미 죽은 히브리어나 아직 도달하지 않은 외계의 문자
아닌가

어느 날 검은 막을 들춰 본 그 눈빛은
기가 막히게도, 조롱이었다
조롱을 받고 더욱 움츠러드는 조롱 속의 새

몸이 시한폭탄의 초침처럼 떨리고
여린 깃털의 품으로 놀란 가슴을 묻어 버리는 당신이 자
그마한 새라는 것을 상기시켜 준 그는
시치미를 떼고 눈의 검은 막을 힘껏 닫아 버린다

그가 먼저,

신사 숙녀 여러분-
다 해진 모자를 벗고 앙상한 허리를 꺾어 구걸하는 북극곰

누구도 물고기 한 마리 던져 주지 않는다
창고에서 훔친 패스트푸드는 혓바닥에 불결한 침을 고이게 하는가

빙산이 무너진다 그의 집이 녹아내린다 그의 땅이……

흘러내린 극지
물개 사냥을 할 수 없어 그가 지구에서 사라졌을 때
반쪽이 된 인간들
허전한 반쪽

인형 가게에서는 날마다 북극곰들이 태어나 복숭아가 익는 계절에서도 살아가고
박물관은 그의 전설을 불러낸다

날아다니는 물

흙탕물을 길어 가는 아이들은 물의 낯빛을 읽기 시작했다 물은 찡그리다가 슬퍼했다 때로 화를 내기까지 했다 먹어서는 안 돼요 호수의 물이 작은 웅덩이만 해졌을 때 검게 타들어 가는 물의 입술을 본 것도 같았다

아이들은 미소 한 바가지에다 물님을 모셔 집으로 갔다 엄마에게 바치는 최고의 선물이었다 흙탕물이라도 마르지 않기를 빌며 제발 가여운 표정을 짓지 말아 주세요 물님

신선하고 맛있는 물병들이 새처럼 날아다녀도 잠자리채도 없이 맨손을 학습하는 아이들 주름진 물의 낯빛을 견디며, 우리 물님은 기지도 못해요 뼈만 잡혀요 숨도 가늘어요 그런데 아직 괜찮대요

없다 없으니

울컥한 모음들을 묻어 버리면 무죄입니다

거기서 풀 한 줄기 뜯은 적이 없으므로 떳떳합니다
비가 오지 말라고 혀를 놀린 적이 없고
황무지가 되라고 악을 쓴 적도 없습니다

울컥한 모음들을 들이켤까 말까 망설이지 않습니다

우리는 씩씩하게 당신들을 스쳐 가는 구경꾼입니다
전래동화 속에 빠져 버린
멀고 아득한 슬픔의 징조를 잠시 더듬어 보는 일이지요

지구가 아팠을 때
문명의 입간판 뒤에 숨어 있었습니다
당신들이 더러운 물을 마셔 눈이 멀었을 때
우리가 물의 관리자라는 사실을 잊었습니다

큰맘 먹고 울컥한 모음들 삼키자마자 손을 털어 버렸습니다

춤추는 다뉴브

이곳은 상상이 놀러 오는 곳입니다
뼈만 추스른 물을 떠올려도 아직은 괜찮습니다

비의 숨들이 가득합니다
비의 악사들이 음악을 연주합니다
물의 악보는 목마른 이에게 다가가 후렴만 노래하는 새
들을 불러냅니다

어젯밤 장미꽃을 받들고 왔던 물의 연인들
먼 데서 당신의 손을 잡는 이들입니다
물의 뼈로 이식될 당신

물은 부르면 어디든 날아가는 십자가
지구는 푸르고 푸른 찬송가를 부를 것입니다
물의 벽이 교회로 설 것입니다

상상이 춤추니 푸른 다뉴브입니다

단단한 눈물

물이 죽은 나라에서는
뜨거운 태양이 흑진주를 품는다

보이지 않는 눈으로 높다란 벽을 더듬고 있는
에티오피아 여인
눈물은 과거의 물줄기로 쓸려 갔다

TV는 목구멍을 적셔 줄 맑은 물 한 잔을 올리지 못한 채
하품이나 하고
우리 사이에는
물길이 없구나

당신의 어린아이들이 네 시간을 걸어서 흙탕물을 길어
올 때
냄새나고 썩은 물의 사체를 곱게 봐 주는 당신

우리 사이에는
물길이 없어서
나는 빈 컵을 들고 코믹한 퍼포먼스를 한다

>

물이 죽은 나라에서는

한 알의 흑진주가 되기 위해

태양의 불길 속으로 하루에 열두 번도 더 들락거려야 한다

별빛이 풍경을 지울 때

물 마른 고향을 버리고
이동 가축처럼 걸어온 당신
가는 곳마다 주소가 닿지 않는 모래땅이다

어젯밤 보이지 않는 눈으로 별을 맞이했던 당신은
그곳이 죽어서야 갈 수 있는 데라는 것을 알고
별의 물 쪽으로 손을 내밀었다

사막의 별이 아름다운 건
그만이 유일하게 물을 머금었기 때문이다
바라보는 자의 눈물로 조립되는 별이다
단숨에 달려온 별은 사막의 무서운 상징을 지워 버렸다

비껴가는 눈 속에 도사린
세상에서 가장 끔찍한 사막이
우리 사이에 끼어들었을 때에도

개꿈에는 개가 없다

비빌 언덕이라 당신은 생각했다

비는
굳은 땅에 내려와 순간 식물이 되었다
촉촉한 잎사귀들은 당신의 심장에서 오랜 건기를 파 버렸다

빗방울을 눈에 넣으면 다시 볼 수 있을 것 같았다
찌푸린 눈살을 거두고 더러운 물을 훔쳐 냈다

마음을 비비면 식물의 살냄새가 젖어 왔다
비가 오자 식탁 위에도 식물들이 무성하게 자라
먹지 않아도 배부르고 목마르지 않았다

가장 깨끗한 물의 이마에 입맞춤을 한
당신의 단꿈 속에서

푸른 종말

푸르게 푸르게 믿을 수 있는 세계가 다가온다
모두 회색분자로 만나는 우리들

짙게 희뿌연 거리
코앞에서나 보이는 생명체들
미리미리 떠도는 유령들

닫힌 창 같은 눈알을 달고 사람들이 흐느적거리고 반려
견들은 흐릿한 발음으로 끙끙거린다 나무들은 회색 얼굴들
을 간들간들 매단다

그럼에도
거대한 회색 등치가 이동하는 발자국은 눈감아 버린다
커다란 굴뚝과 차는 어김없이 분주하다
그럼에도
밥이 술술 넘어간다
삶의 바퀴들이 매끄럽게 맞물린다

초미세 먼지가 판을 벌인 살찐 종말, 고단하게 푸르다

\>

뜨거워진 지구의 눈동자 속에서 분노하는 회색분자들
내일을 꿈꾸는 고단한 몽상가들일까

봄을 예약하다

어떤 마인드 컨트롤은 겨우내 얼음 사람을 만든다
밖의 겨울보다 더 혹독한 겨울은 그렇게 치고 들어온다

그렇건만 이상한 일이다
겨울의 한가운데에서도 봄이 숨어 있다니
이 오후의 뼈가 없는 느슨함이란

창밖에는 부드러운 기척 한 뼘씩
차단 벽의 틈을 벌린다

오늘의 맑음은 나와 주변 사람들의 안녕
팔팔한 텃새들의 안녕
비빌 공간의 안녕
그래도 될까

당신들을 두고 우리가 봄의 휘파람을 불어 볼 수 있을까
끝이 안 보이는 전쟁과 난민들
지구 곳곳에서는 오늘의 맑음을 날려 보냈다
아이들은 자라지도 않으면서 비극에 절어 버린 어른이 된다

>

겨울의 한가운데에서 얼음 심장이 팔딱거리는데
미안하게도 눈이 부시다 숨어 있어도 기어 나오는 빛
어느 안녕은 봄의 예감을 스쳐가 버리는데도

암흑의 의태어

태어난 막막함과
살아가는 놀라움과
죽어가는 아뜩함이
미룰 수 있는 아침을 차려 놓는 그곳

목마른 사람들이 살아서 미라가 되는
우리 눈 밖의 세상
먹지 못할 식수로 눈이 멀어 가는 수많은 사람들 멀리에서
우리는 입 벌린 채 말놀음만 한다

종이는 사각사각 말을 잘 털어놓아서 가장 가까운 친구다
빵을 나누듯 물을 나눌 수 있다면
지구를 수도관으로 이어 물을 흐르게 할 수 있다면
그 물이 누군가의 핏줄이 될 수 있다면

종이에 귀를 대 보면 피멍 든 의태어들이 한꺼번에 몰려온다

제3부

어두운 비에 관한 메모

비의 카페에 들어간 본 이가 말한다
비는 낭만적이고 낭만적이어야 한다고

날씨를 보고 오늘의 일을 점치는 당신에게
비는 불운의 대명사
당신은 비의 카페를 스쳐 지나갔고
대신 비의 소굴로 들어갔다

오늘은 죽 쑤는 하루일 거라는,
예감이 맞아 떨어질 거라는,
흐림과 먹구름이 물고 뜯는 과정을 지켜보는,
습관적으로 비를 망치고 있는 당신은

낭만적인 비에 대한 매너는 엉망
노란 우산을 쓰고 그 너머를 보는 당신이란
어처구니없는 시뮬레이션

한 사람을 기다리는 비의 카페
창가에는 빨간 앵초 화분, 먼지 쓴 의자 하나

알비노 쌍두사*

머리에는 얼마나 많은 발들이 달려 있는지
머리를 굴리면 발들은 저마다 바람을 굴리고 있어
이참에 너를 때려눕히고 내 갈 길 가겠노라 했건만
오도 가도 못하네 둘 우리 하나

겨울이 오고 있음을 너도 알잖아
서둘러야 하잖아 잠도 나눠야 하잖아
맞아 생각 생각이 얇아져야 하는 때인 걸

내 머리의 발들을 떼어 목걸이 해 줄게
저기 두툼한 동굴까지 하나 되어 갈 수 있어
겨우내 장밋빛 굴뚝을 올리겠지
우리는 바람에 쓸려 가지 않는 겨울의 목록이며
겨울 노래를 게걸스럽게 들이켜는 둘도 없는 뮤즈야

그러나 이상한 상상이 몰려와
네 머리를 삼키면 우리의 배는 즐거울까 거북할까
내 머리를 놓아주면 우리의 심장은 젖은 별처럼 두근거릴
까 난코스로 가다 터져 버릴까

우리 혀의 쌍칼은 부러져 허공에 헌납될까 새 날을 갈게
될까

*알비노 쌍두사: 머리 둘 달린 뱀.

둥지는 든든해서

내 것이 여럿이면 울타리로 쳐졌다

자식과 집, 얼마간의 돈과 마누라가 심어졌다
울타리 위에 무지개가 일곱 색깔의 계단을 올리는 걸 보자
아담은 하늘을 오르내리며 웃음을 따 왔다

아담이 무지개 계단 밑으로 굴러떨어졌을 때는
울타리를 짚고 일어나
내 것들을 입에 달고 다시 무지개 계단을 올렸다

울타리에서 다리 저린 호박꽃 냄새 질리게 맡는
밥하고 빨래하는 마누라는 고무장갑을 끼고 서성거리지만
이브는 없었다

결이 다른 바람이 흘러 다녔다
아담은 부지런히 목구멍에 창을 냈고
참나무 숲속과 책 속의 따뜻한 별장과 별나라의 호숫가를
기웃거리는 이브는
날개의 행방으로 보란 듯이 숨었다

눈물은 가볍고 무겁고

눈물 비슷한 것이 잠깐 내비쳤다 이브가 측은해졌을 때 아담이 차려 낸 티타임이었다 약간 찝찔하고 맑고 깨끗한 감정이 몇 가닥 솜털 위에서 동글한 곡예를 했다 아담의 호수에 다다르기 전에 이미 말라 버린 일회용이었다

눈물이, 때 묻지 않은 푸른 물의 알짜가 아담의 볼을 타고 굴러떨어졌다 구겨진 얼굴이 하얀 대리석처럼 판판해졌다 자신만을 위해 벼랑에 몸을 던진 물, 아담의 호수가 수위를 넘었다

초콜릿 발림

초콜릿 동산에 봄이 왔다 아담과 이브는 꽃말을 뿌렸다
달콤한 초콜릿들이 매달릴 것 같았다

기다림 끝에 초콜릿 꽃봉오리들이 혀를 내밀었으나……
꽃말을 가꾸지 못한 채 녹아내리기 시작했다

아담과 이브는 서로를 헐뜯으며 지쳐 갔다

짧게 비명을 지르다가 시간을 축낸 가을, 초콜릿 봉오리
들의 녹물이 굳어 가고…… 아담과 이브는 올 것이 온 것이
라고 끄덕거렸다

겨울이 왔지만 낭만적인 눈은 내리지 않았다 민둥산에 초
콜릿을 코팅한 혓바닥들이 겨울나무처럼 꼿꼿했다 한 해가
닫히고 새해를 이어 가는 힘이었다

우기의 낙서

산책길에 앵두나무 곁 지나갈 때마다 초로의 아담과 이브는 멈춰 섰다
열매가 맺기도 전 분홍 침이 달큼 시큼하게 고였다

둘은 앵두의 이름을 요일 색깔별로 굴려 보았다
요일마다 커튼과 등이 바뀌었다
어느 사이 자라난 젊고 아리따운 앵두 처녀 애
이브는 제 새치 머리에 앵두 물감을 들였고 아담은 눈을 찌그러뜨리며 윙크하는 연습을 했다

어느 날 앵두나무에서 빨갛고 상큼한 느낌 덩어리가 세상의 문을 밀고 나오자
그들은 한숨을 쉬기 시작했다

사라진 앵두 처녀 애의 흔적을 서글프게 더듬거려 보는 아담
새치 머리 이브는 어떻게든 앵두 처녀 애를 불러내려
금방 내밀어 채 익지도 않은 앵두 열매를 입 안 가득 쏟아 냈다

동거인

두부는 조밀해서
두부 안 숨소리도 갇혔다

바깥 풍경이 증발해 버린 공포를 어떻게 해야 할지

한 사람은 벗어나려 머리를 싸맸고
한 사람은 미라가 되는 연습을 했다

어두움은 균일가
한 사람은 쪼개지고 싶고
또 한 사람은 더욱 엉기고 싶고

시간을 먹고 사는 좀은
걸음이 느려 터지고

그렇게 두부의 관에 갇혔다

룸메이트 그 이상

두통거리를 팝니다 흠집도 끼워 팝니다 눈물의 샘은 덤으로 줍니다 우울 모드는 기본입니다 불신은 심심풀이 땅콩으로 씹기 괜찮습니다 고객님, 깎아 줄게요 즐거운 단골이 될래요? 넘치는 감정은 흘러가 어디에든 들러붙는 애물단지가 아니에요 둘도 없는 친구가 될지도 몰라요 그냥 준다 해도 안 갖는다고요? 다들 공들인 건데요 정을 쪼아 대는 바위산이 머리에서 솟아요 찝찌름한 샘물이 가슴에서 푸 푸 부풀고요 숨길 따라 먹구름의 기름진 엉덩이가 걸려듭니다 내 마음은 가위표가 무수히 그려진 인증서 이 모든 걸 봉인할 수 있는 뜨거운 피를 팝니다

걸리버 씨

징그러운 털 징그러운 발이 무서운 놈이 나타났다고 놈의 빠른 발에 눈 깜짝거릴 틈도 주지 않아야 한다고 걸리버는 이를 악무는데 살기를 눈치챈 놈은 기다가 말고 몸을 오그려 차원 밖으로 나갔다

3차원의 바닥에 던져진 놈과의 대결이 시작되었다 걸리버는 점점 작아져서 1차원의 줄에 걸린다 돈 재수가 날아간다 해도 기필코 죽여야지 두려움에 밀려 놈에게 통사정을 한다 제발 숨지 마

죄 없는 벌레를 다만 흉측해서 걸러든 벌레를 살살 달래본다 다음 생에는 예쁘고 귀여운 강아지로 태어나 사람들에게 사랑 듬뿍 받아라 미안! 돈벌레야 돈 안 되는 벌레야

접은 신문지로 놈을 힘껏 내리치니 털 고르며 자신의 차원 안으로 다시 들어온 돈벌레 순간 미소를 지으며 걸리버는 자신의 죄를 털어 버린다

3차원의 벽에 갇혀서 꼼짝도 하지 못한 벌레의 슬픈 눈을 못 본 척 걸리버는 1차원에 매달린 손을 슬그머니 감춘다

\>

그 옛날 옛적 축축한 밀실에서

자빠져 부둥켜안고 징그러운 털, 징그러운 발 쓰다듬었던

수컷임을 잊어버린 걸리버는

자주가 얼룩얼룩하다

　얼굴을 감싸 안으면 자줏빛 물이 흥건해 빨강이 된서리를 맞으니 걸쭉한 자주네 맨정신으로는 찾아갈 수 없는 얼룩진 지도 많이도 갉아 먹었어 끔찍하게 일 저지른 거지 참말 떼어 버리고 싶은 조롱거리

　이마는
　너무 어두워 미래의 배 한 척 띄울 수 없어
　눈은
　슬픔을 덮어 놓으려 무쇠 뚜껑을 만들고 있군
　코는
　오랜 탐식 뒤 구멍이 넓어졌어 잡식성의 냄새가 온몸에 퍼지는군 세상의 썩은 냄새도 골칫거리네
　입은
　블랙홀처럼 무섭네 너무 많이 내뱉은 말이 귀소본능으로 돌아가 쓰레기 처리장이 되었나
　귀는
　먹통으로 가는 길 누가 무어래도 팔랑거리지 않아 닫힌 소식이야
　뺨은
　이미 바랜 지 오래 부끄러움 앞에서 붉은 상징을 밀어내

얼굴선은 네모

매사 각을 세우더니, 덤빌 테면 덤벼 봐라 세계와의 투
쟁이네

자주가 부끄럽게 진하게 달여진 자줏빛

뻔질난 자주는 뻔질나게 망가지는 시간

희미한 도로망

나에게로 가는 길

집짓기

수렁에서, 개천 다리 밑에서, 난간 아래에서 오도 가도
못하는 틈

마음 다잡고 틈을 짓는다

뚝딱 집 한 채 짓는 일
하다못해 헛간이라도 들여야지
잘하면 알함브라궁전 못지않은 호사도 누릴 텐데

눈치로 미리 달아오른 집
공구질이 서투르다
그럼에도 허겁지겁 살과 뼈가 붙는다

전광판에서 웃고 있는 개그맨과 눈이 마주친다
잊힌 사람이 모자를 흔든다
느티나무 옆 빈 벤치는 편안하게 접혀질 사람을 기다린다
맨발로 걸어온 내가 나에게 안긴다

틈을 열자 오두막이 반긴다 통나무라 됐다

신분

거울이 말을 더듬는다
실물은 새벽의 흰자위에 걸쳐 있다

세상으로 난 바퀴들 발목이 꼬인다
하늘 천장이 노랗게 들뜬다

지인들 속에도 거리에도 없다
보아도 보이지 않고 들어도 들리지 않는
납작하게 눌린 얼굴
바닥에 떨어진 찌그러진 상자

문어발 다리로 안 가는 데 없다
방금 세상의 옆구리를 찔러 보았다
피 한 방울 나지 않아서
심심한 상자로 돌아가기 좋았다

제4부

별 이야기 1

별들이 불거진다
입술들이 몰려온다
관계가 곱해진다

어떤 별은 너무 차가와 가까이 가지 못한다
공기도 물도 없어 아무도 놀러 가지 않는다
그게 나라면, 그게 너라면

높은 톤으로 불러 보는 나 나 나
보는 이 듣는 이 없는 일인극 속에서
나는요- 반짝반짝 나는요- 반짝반짝

너를 말끔히 지워 버린 나 천지
별과 별 사이는 흔들림의 거리로 자꾸 달아나고

별 이야기 2

주인공들의 기질로 빛나는 무대에서
별들은 사이좋게 뭉치지 수컷의 상징으로 멋지게 뿔을 갈지

어떤 못난이 돌도 감히 넘볼 수 없게
빛에다 갈아 낸 뾰족함과
빛이 토해 낸 광택과
빛이 쌓아 올린 탑이
별의 속성이라는 것

무리에 잡것이 섞이지 않게
구둣발을 힘껏 차지
빛에서 갈라진 그늘을 쾌활하게 물리치지

지난 때 어둡고 볼품없는 돌임을 잊어버린 별들 바라보며
세상의 그 많은 돌들은 뜨겁게 차가와지지

돌의 자각이 별이 된 것이라고
어느 돌들은 별보다 더 찬란한 빛을 제게서 찾으려 탐색
에 나서지

\>

고착된, 의문이 없는, 파격이 없는, 별들의 무덤 밖에서
없는 뿔의 쓸쓸함으로

별 이야기 3

한 외계인이 도착했을 때 다른 외계인은 순순히 손을 잡았다
그들은 새로운 행성에 도착했다

머리가 큰 외계인은 머리를 굴리느라 분주했고
늙다리 사차원 외계 소녀는 눈이 허공을 헤맬 때가 많았다

낯설다는 말이 정장 차림을 하면 다르다가 되었고
다르다는 말은 투쟁의 뿌리가 되었다

그들의 행성 안 화분들은 두 외계인의 입과 귀를 장난감처
럼 가지고 놀았다
무거운 공기에 짓눌린 화분들의 생존법이었다

검은 암석 덩어리 위에서 두 외계인은
무수히 많은 빛나는 별들을 바라보았다
별빛이 하나같이 핑크 하트 모양인 것을 보며 한숨을 쉬었다
살아남기 위하여 눈물겨운 비화를 앙앙 씹어 삼키며

거리에는 악사가 없다

거리거리 골목골목 앞머리를 들이댄 오토바이는 굳건한 뼈들 사이로 연체동물처럼 곡예를 합니다

콜라의 기포들, 그 우스갯소리가 꺼지지 않는 동안입니다

오토바이가 숨 참고 질주를 하는 거리에서는 무지개다리가 선 적이 없습니다 핸드폰에 뜬 대출 메시지는 풀씨로 날아와 박히기 어렵습니다

주문한 피자가 뭉게구름으로 바뀌는 동안입니다

약속을 구겨 넣은 빨리빨리, 슬픔이 자랄 틈도 없습니다 슬프다는 말은 금방 닳아 버리는 배터리로 칩니다 그 아르바이트 학생은 속도가 저장된 압축 파일 하나 남겼습니다 학자금이 도핑된 따끈따끈 말랑말랑 쫀득쫀득한 피자가 허공에서 바람개비처럼 돕니다

하늘의 낯선 골목으로 빠져나간 그를 콜라의 기포들 같은 별들이 곧 마중 나올 겁니다

별무늬 접시 위에 하품이 가라앉는 동안입니다

화분은 잘 커요

아침 화면 켜는데 보탤 것도 나눌 것도 없는데
까치가 인사를 한다 이 아침 살 만해요?
대답은 사슬의 일정표에 끌려가는 발걸음 소리

까치는 내일 또 안부를 묻고는 제 귀 무덤에 사슬 소리를
재워 놓겠지만
살아오면서 스쳐 보낸 안부들은 어디에서 찾나

안녕하신지…… 찾아뵙겠다는 말 떠내려 보냈다
안녕하신지…… 식사라도 함께하겠다는 말 날려 보냈다
안녕하신지…… 다시 연락드리겠다는 말 멀리 불어 버렸다

주인공은 숨고 열리지 않는 무대
검은 커튼 뒤 뺨 붉은 자막

헤프게 차려 놓고 뒤엎어 버린 말의 잔칫상
훗날 수만 개의 때 묻은 입을 바꿔치기할 수 있을까

상처는 잘 여문 씨앗, 숨이 파랗다
기름진 흙에 다시 한 생애를 뿌리내릴 씨앗들

해바라기

허허벌판에 던져진 그는 등에 방을 지고 다니기 시작했다 지저분한 손톱 발톱을 깎은 뒤였다 해가 들어오는 유리만 남겨 두고서 세상으로 난 모든 유리에 검은 칠을 했다

해를 따라 부지런히 발품 팔며 빛의 기록으로 채워지기를, 촘촘히 가시 박힌 어두움이 벗겨지기를 바라며

속눈썹을 떨며 다가온 제 안의 도사림은 끈질겼다 잠시도 눈 떼지 않고 해를 바라만 본다는 게 말이 되냐 헛된 일, 누가 알아주기나 해야지 이쯤 해서 그만둬 타오르는 불꽃을 잡아 써 봐 해의 시선만으로도 거나하게 취할 수 있거든 건배 건배

달갑지 않는 유혹을 그는 눈빛으로 비틀어 버렸다 그를 후리는 바람의 둘레 길에서 한 움큼씩 속없는 무지개들이 뽑혀 나갔고 얼음의 표정으로 얼굴을 갈아 끼웠다

해의 원어민이 보낸 문자가 눈부신 날 그는 등의 방을 내려놓았다 미래의 빈칸이 두근거리기 시작했다 고개를 숙이고도 볼 수 있는 빛, 달아오른 열망이 세상의 허허벌판을 울렸다

국수는 길지만

묘지 앞에 서니 비망록이 펄럭거린다

살아서 자신의 죽음을 초대한 사람
오십을 못 넘긴다 하기에 누울 자리를 스스로 마련했다지

죽음이 언제든 코앞에 닥친다는 그런 기분,
깊은 우물 안의 갇힌 시선 아니었을까

생일날의 국수는 명을 길게 한다는데
국수 따라 기다랗게 이어지는 생의 끈을 놓지 말았어야
했는데
가로등 장우산 구둣주걱같이 긴 들러리들 불러 담장을
쳤어야 하는데

나는 입이 굳어 버린 조화를 꽂으며
겨우 머리나 조아리는 사람

죽음의 초대장을 품고 살았던 사람 앞에서
터지지 못한 천근만근의 암흑 덩어리로 체한 듯이 체한
듯이 살았던 사람 앞에서

\>

눈 감은 백지 위 진눈깨비처럼 질척거리는 나의 허튼소리
살아 있을 때 매니큐어를 칠했을까 무슨 색을 즐겨 칠했을까

함초, 참 난해한

풀은 풀인데 소금밖에는 취할 것이 없어서
피를 토하고 너부러질 수 없어서
물오른 독마저 삼켜 버렸다

하늘로 달리는 가지들은
펄에 차린 핏줄기들의 군무

뼈를 태우는 소금 바람결에
두려운 시간을 받아치는, 녹아 한 덩이가 된
빨간 가지들은 온몸을 비틀어 하늘로 하늘로

이렇게도 사는데 살다 보니 춤도 되는데
춤의 종착역에 화려한 외출을 부르는
빨간 구두가 기다리는데

그녀가 골라 놓은 마지막 자리는
지층 맨 아래
흙 한 줌 떠 낼 수 없는 깊이

오는 사람 물리치며 십 년 공들인 우울 덩이

그녀에게 저 빨간 가지들은 이상한 놀음 아니면

한 줄도 읽혀지지 않는 시

프리지아, 내 편

노랑을 피해 다녔다
과장을 입혀 주는 달콤한 색소를
죽음을 미화하는 날갯짓을
어느 날의 언짢은 기억의 한가운데서

그의 노랑을
그의 향기를
기다리기 전까지는

닫힌 문안 시들거리는 뿌리에게 오는
홀로 꿈을 꾸어야 하는 잠자리를 찾아오는
가학적인 시간을 무너뜨리고 오는

겉과 속이 다른
속이 거죽과 맞장구치지 못하는 말
겉돌다

읽을 수 있고 느낄 수 있는 색깔과 향기로
드러나는
사랑의 눈빛은

>

그는 아직 닿지 않는 손

한 번도 마셔 본 적이 없는 별의 일급수

끌어당겨 본 적이 없는 봄의 앞면

미래의 행성에서 누군가 오고 있다는 착각으로 울렁거리
도록 내버려 두었다

3인칭을 만나다

하나의 평면이 움직인다

행사장 안에서
내 의상이 모임에 걸맞는지
펼쳐 낼 대화는 꼼꼼히 챙겼는지
표정은 지워지지 않았는지
매너는 최상급인지
머리를 짚어 본다

헛물켜는 것들
테이블 아래 먼 데 가는 다리의 헛발질
심심한 머릿속을 쥐락펴락하는 헛생각
구겨진 혀가 타고 노는 헛말
미소와 무표정을 오락가락하는 덜떨어진 표정의 연금술

행사가 파하고 돌아가는 길
버스 창밖으로 이마가 시든 청년이 눈에 들어온다
시선과 풍경이 한 줄의 평면에서 잠시 울리다가
틀어지는 저녁을 피해 나는 다른 층으로 달아난다

>

오늘의 형식은 단정한 옷을 갖추어 입었나

누군가와 하나의 평면을 나누었나

파프리카를 불러 봐

파프리카는 굴러떨어지고…… 짓밟힌다

피아노의 연습곡 소리가 지루하게 끼어들고
이 배경은 딱하도록 잘 어울린다
삶에도 수많은 연습이 필요하겠지
손가락을 곧추세워 피가 날 때까지 벽을 두드리는…… 벽
을 두드리다가 들통 난 바닥을 들여다보는

깊은 꿍꿍이속이다
밀림의 한통속, 한통속이 감칠맛 나게 익어 가는
왜 이곳은 바람 한 점 없는 통 속일까요
왜 이곳에서는 아름다운 밀림의 노래가 들리지 않나요

철없는 이는 성장이 멈추었고
서러운 이는 손바닥에 빨간 파프리카를 앉히는 상상을
한다
파프리카가 문을 열어 주기라도 하듯이 거기서 만나요
거기서……

망가지는 일은 너무 쉬워

파-프-리-카-

오지 않는 생기의 관습

유령 신부

웨딩드레스 자락을 들치면 그녀의 청바지가 보였다 드넓은 세상을 웨딩드레스 안에 접어 넣은 푸른 말, 활보하는 습관을 들키지 않으려고 날개를 달았던가

면사포는 집을 훔쳐보는 베일, 레이스 천 뒤에서 잠깐씩 환해졌다가 길게 어두워지는 게 보였다 조명등이 자주 껌벅거렸다

떠돌이가 되지 않으려 푸른 것들이 녹아드는 전원에 신방을 차리기로, 적어도 앞으로 반백 년의 이중창이란 덜 익은 사과 맛이어도 괜찮았다 여자가 즐기는 전원을 나누기만 한다면

브로콜리 같은 그의 곱슬머리 밭에서도 날개를 접을 수 있었다 그의 냄새나는 조깅화 안에다 날개를 잠들게 할 수도 있었다 그의 시선이 멀어져 가다 누워 버린 지평선을 쓸쓸하게 지켜볼 수도 있었지만

한 번도 여자에게 감동을 준 적이 없는 그를 싫증 나는 반지라고 읽었던 어느 날 그녀는 부케를 지나가는 개의 심장

에게 던졌다 꽃들이 심심하게 흩어졌다 슬픈 날개가 사라지
니 젖은 날개도 탓하지 않았다

　웨딩드레스를 벗으니 푸른 말이 달리기 시작했다 후줄근
해진 날개가 떨어져 나갔고…… 드넓은 세상에서 맞춤형 인
간이 전원을 끌고 오는 게 보였다

첼로의 기술

한밤중이었고 그는 살을 버렸다
그는 드러난 뼈를 쓸어 주었다
불쌍한 것, 마른 뼈의 혼잣말이 울리기 시작했다 악기
소리였다
지나간 시간을 더듬고도 남는 울림으로

신음이 밀려 나왔다
조금씩 천천히 떨리면서
그것을 지켜보는 일이 두려웠지만 그는 눈을 감고 리듬
을 따라갔다

격정적으로 연주가 이어졌다
자신에게 고통이 그렇게 많았는지 새삼 놀라면서

흐림의 줄을 탄 뼈는 자기애에 빠질수록 명연주자의 소
리를 닮아 갔다

연주가 시작되자 입 벌어진 석류들이 굴러 나왔다 싸우다
가 비난하던 말들의 피 칠, 악다구니를 그는 얼음 칼로 쳐
냈다 관계 하나씩 숨이 하얘졌다

>

연주가 끝나자 그는 자신의 고통이 빠져나갔다는 것을
느꼈다

그러나 또다시 연주가 계속된다는 것을 알고 있었다

빛의 통로

그는 초록의 성깔을 점점 잃어 갔다 대기자의 시간은 어느새 얼음 왕국이 되었다 극지보다 더 추운 밀폐 용기 속에서 시든다는 말과 접는다는 말은 수시로 찾아오는 방문객이었다

뭐라도 뭐라도 빛으로 가는 길 보여 달라는 SOS 신호는 눈치 없는 잠꼬대였나 여전히 검은 배경인 하늘, 영혼을 팔아도 닿지 않는 빛

납작해진 그림자가 바닥으로 스며들기 직전 그렁그렁한 어둠의 더부살이들은 서로를 알아보았다 그는 마인드 컨트롤에 먹칠을 했기에 돼 가는 대로 내버려 두었다 이 시간 별의 마을에서는 아무 일도 일어나지 않을 것이라고

눈을 감으면 열리는 문
눈을 뜨면 닫히는 문
관 속의 여정

틈새를 벌리고 놀러온 빛의 손가락을 본 것도 같았던 어느 날 그가 스치기만 해도 어둠이 부서질 것 같았다 환상이

찾아오는 길목이었다 영혼을 가둔 밀폐 용기 안이 일렁거렸다 나풀거리지 않은 슬픔은 무뎌진 칼날 그 위로 초록의 성깔이 점점 살아났다

해 설

윤리적 감각과 시적 구조

남승원(문학평론가)

 시 장르는 우리가 만들고 합의한 여러 규칙을 수용한다.
그것을 모두 설명하는 일은 불가능하겠지만 시가 스스로 독
자와의 소통을 포기하지 않는 한 시 작품에서 쉽게 동의할
수 있는 의미나 가치 등을 발견할 수 있다는 점은 명확하다.
오랜 시간이 지나서도 여전한 생명력을 가진 작품들은 결국
이와 같은 것들을 공유하는 힘의 지속으로도 이해할 수 있
다. 하지만 그것만으로 시의 모든 것을 설명하기에는 충분
하지 않다. 시란 정의될 수 있는 특정한 성질들의 총합이라
기보다 서로 모순되는 힘들이 충돌하면서 빚어내는 역동적
움직임 그 자체이기 때문이다. 이를 시의 본질로 이해한 옥
타비오 파스처럼 말해 보자면, 시는 일상의 규칙을 따라 배

치되며 그 결과는 언제나 일상의 범주를 초월한다.

이와 같은 시적 구조의 본질에 대한 이해를 다시 떠올려 본 것은 물론 양수덕 시인의 여섯 번째 시집 『왜 빨간 사과를 버렸을까요』를 조금 더 잘 읽어 보기 위해서이다. 그는 다른 시인들이 그런 것처럼 일상의 미세한 장면들을 놓치지 않고 포착한다. 하지만 한편으로는 바로 그 일상에 축적되어 온 온갖 의미의 범주에서 탈주하려는 자신만의 힘을 보여 주고 있기 때문이다. 따라서 『왜 빨간 사과를 버렸을까요』를 읽는 독자들로서는 현실적 모습의 다양한 시적 변용을 확인하며 다가오는 미학적 쾌감을 자연스럽게 느낄 수도 있지만, 더 중요한 것은 불현듯 등장해서 눈앞에 마주한 낯설음을 피하지 않을 용기일지도 모른다.

> 당신은 들었을 거야
> 말도 안 되는 허튼 소리를
> 당신은 보았을 거야
> 눈을 감게 하는 질 나쁜 화면을
> 당신은 맡았을 거야
> 향기를 마다한 떠버리 냄새를
>
> —「공유할 수 없는 것들 2」 부분

우리가 현실에서 어떤 대상을 인지하지 못하는 경우의 상당수는 자기를 방어하기 위한 것과 연관되어 있다. 낯선 것을 무의식적으로 회피하게 만들면서 스스로의 안전을 확보하는 것이다. 이 같은 과정의 반복은 대상을 판단하고 구별짓는 단계를 거치며 주체 동일성에 근간한 인식 체계를 만들어 왔다. 이것이 곧 낯선 모든 것, 즉 '타자'를 배제하는 알리바이로 작동해 왔다는 점은 부연하지 않아도 쉽게 알 수 있을 것이다. 이 작품에서 양수덕 시인의 선명한 목소리는 이처럼 이성적 인식에 내재해 있는 폭력적 체계에 대한 경고와 같다. 분명히 인지했음에도 불구하고 "허튼 소리"이기 때문에, 또는 "질 나쁜" 것이라는 이유로 보지 못하고 듣지 않은 것처럼 만든 '나'의 독선적 기준을 깨우치게 만드는 경고 말이다. 앞서 『왜 빨간 사과를 버렸을까요』를 읽기 위해 필요할지도 모른다고 말했던 용기란 결국 시인의 경고처럼 자기 인식의 한계를 마주할 수 있을지에 대한 물음이다. 다음의 작품에서 시작해 보자.

이미 건축물이 되었다 덩실한 상징 한 채

이미 손을 털었다 다시 돌아갈 길이 없는……

이미 웃음을 버렸다 오픈식의 빨간 테이프는 일회용

이미 바라보는 풍경이 되었다 익숙한 눈길에 녹물 든다

이미 익어 버린 가뭄, 목이 마르다는 아우성이 끌려다닌다

이미 물 말은 밥, 술술 넘기기는 좋지만 선택은 없다

이미 빈 주머니로 남았다 낯선 방문객에게 줄 것이 하나도 없다

—「기존」 전문

이 작품은 하나의 완성된 행위 그리고 그것과 결합이 가능한 의미 범주를 포함하고 있는 수식 문장으로 각 연이 구성되어 있다. 일반적인 문장 구조와 비교해 보자면 도치 형태로 되어 있는 것에 주목했을 때 시적 구조는 전체적으로 의미상 부정합인 것을 금세 눈치챌 수 있다. 1연을 보자면 "건축물"은 우리의 일상에서처럼 하나의 "상징"이 될 수 있다. 그것을 위해서라면 건축물을 만들기 위해 계획하는 단계에서부터 철저한 계획을 따라 이루어져야 할 것은 두말할 필요도 없다. 이렇게 차근히 이루어지는 과정 자체가 하나의 건축물을 상징적 의미로 만들어 나가는 것이다.

하지만 시인은 '건축물'이 먼저 완성된 이후에 그것이 하나의 '상징'일 수 있음을 유추하는 방식을 보여 준다. 이것은 결과적으로 의미('상징')를 받아들이는 보편적인 인식의 과정을 작동 불능으로 만든다. 단적으로 "덩실한"이라는 단어가 건물의 외관에 대한 표현일 뿐 어떤 상징도 가리키지

못하고 있는 것처럼 말이다. 따라서 "건축물이 되었다 덩실한 상징 한 채"라는 1연의 진술 전체는 실제로 그 어떤 '상징'도 드러내지 못한 채 피정의항이 텅 비어 있는 의미상 오류의 문장이 된다. 그렇다면 이 작품을 읽는 독자들은 "이미" 존재하고 있는 것들과 결합되어 있던 의미의 붕괴를 바라보는 목격자로서 새로운 의미를 찾아 나서게 될 수밖에 없는 상황에 처한다. 우리는 '기존'에 존재하고 있던 그 어떤 것도 주고받을 가능성이 완전히 삭제된 "낯선 방문객"이 되는 것이다.

소크라테스까지 거슬러 올라가 생각해 보면 우리 지식의 본질은 사실상 이미 정해진 것들에 대해 의심하고 질문하며, 반론을 제기하는 형식 그 자체일 뿐이다. 이는 앞에서 말했던 시적 구조와의 유사성을 떠올리게 만든다. 따라서 이 작품을 읽는 우리는 정해진 (시적) 의미가 아니라 그것을 생산해 온 (시적) 구조 자체를 탐색해 볼 수 있게 된다.

나는 빈털터리입니다 주머니 사정의 문제는 아니지요 꿈
속에서도 회색의 문턱들이 모가지가 잘린 인형들처럼 반깁
니다 노란 나팔 소리가 다발로 뿌려지는 미래의 행진곡 그
멀리를 바라보았으나 문턱에 걸려 나아가지 못합니다 꿈속
뜬구름의 성 위에서도 나는 미끄러지곤 합니다

아무것도 되는 일이 없다는 것은 좋은 일이지요 여백은
지루하지만 꿈을 주울 수 있는 도구가 되지요 그러니까 이

건 이상하고도 헛헛한 징조입니다 아시다시피 당신이나 나
나 이런 일에 온통 질퍽하게 잠기고 있다는 것을요

　　예와 아니요 사이에는 얼마나 헤픈 두근거림이 있는지요
실은 더 많이 부정으로 치닫는 느낌에 못을 박아야 하는 시
간입니다 자주자주 나는 벌서고 있습니다 빈 들판에 서서
나는 애써 들꽃의 분위기를 내며 눈을 감고 있습니다 눈감
고 싶은 것이 너무 많아 그 멀리를 잊기도 합니다
　　　　　　　　　　　　　　　　　　—「0을 변명하다」 부분

　　의미의 장막을 들추어 시적 구조의 본질을 드러내는 양
수덕 시인의 특징적 태도가 잘 드러나 있는 작품이다. 시
어들 사이에 의미의 다리를 연결해 가면서 읽는 방식으로
는 조금 낯설게만 느껴지는 것도 이 때문이다. 앞서 살펴본
「기존」에서 확인했던 것처럼 여기에서 그가 주목하고 있는
것은 역시 '0', 말하자면 의미의 역할이 정지된 곳이다. 그
곳은 "빈털터리"나 "여백", "예와 아니요 사이" 등으로 변주
되어 나타나고 있는데 제목에서 알 수 있는 것처럼 그것에
대한 시인만의 '변명'이 이 작품의 구조를 만드는 핵심이다.
　　시인은 '빈털터리'임을 고백하지만 그것이 돈을 가지고
있지 않다는 사전적 의미는 아니라고 말한다. 그리고 이어
서 "꿈"의 세계로 진입하게 되는 것을 확인한다면 일상의
의미를 구성하는 것에 더 이상 참여할 수 없는 상태로 이해
할 수 있다. 말하자면 이 작품에서 시인은 '빈털터리'에서

'꿈'으로 이어지면서 현실을 작동하는 요소들과의 대척점을 그리고 있는 셈이다. 특히 '꿈'이 억압된 무의식의 세계처럼 근원적 의미를 탐색하기 위한 공간이 아니라는 점을 보다 주의 깊게 볼 필요가 있다. 시인은 '꿈'속에서도 "회색의 문턱"을 통해 여전히 고정된 의미 형성이 불가능한 상태를 지속하고 있기 때문이다. 이어지는 연에서도 마찬가지이다. 현실에서 실패를 확인하는 것으로 "아무것도 되는 일이 없다"는 선언이 "좋은 일"로 여겨지고 있는데, 그것은 어떤 억압적인 힘의 영향에서도 비켜난 말 그대로의 "여백"을 보여준다. 이처럼 동일한 연의 구성 방식에 초점을 맞추어 본다면 우리는 시인이 일상적 의미 체계를 멈추는 방식으로 작품 전체를 구조화하고 있음을 알게 된다.

『왜 빨간 사과를 버렸을까요』의 앞 부분에 배치되어 있는 '공유할 수 없는 것들'이라는 제목의 연작시 역시 같은 관점에서 이해해볼 수 있다. 가령 "얼떨결에 사랑을 사탕이라고 발음"하게 되는 상황을 담고 있는 「공유할 수 없는 것들 3」에서 볼 수 있는 것처럼, 시인은 잘못 발음된 단어와 나란히 놓이게 된 '사랑'의 기억과 의미가 어떻게 충돌하며 변형되어 가는지를 탐색해 나간다. 물론 열 편이나 되는 연작시 작품 전부를 완전히 동일한 방식으로만 읽을 필요는 없겠지만, 최소한 기존의 개념과 벌이는 대결 의식을 다시 한번 확인하는 것이 가능하다.

그럼에도

거대한 회색 등치가 이동하는 발자국은 눈감아 버린다

커다란 굴뚝과 차는 어김없이 분주하다

그럼에도

밥이 술술 넘어간다

삶의 바퀴들이 매끄럽게 맞물린다

—「푸른 종말」 부분

당신들을 두고 우리가 봄의 휘파람을 불어 볼 수 있을까

끝이 안 보이는 전쟁과 난민들

지구 곳곳에서는 오늘의 맑음을 날려 보냈다

아이들은 자라지도 않으면서 비극에 절어 버린 어른이 된다

겨울의 한가운데에서 얼음 심장이 팔딱거리는데

미안하게도 눈이 부시다 숨어 있어도 기어 나오는 빛

어느 안녕은 봄의 예감을 스쳐가 버리는데도

—「봄을 예약하다」 부분

『왜 빨간 사과를 버렸을까요』에서 양수덕 시인의 개성적
면모는 정해진 의미에 끝없이 질문을 던지며 (시적) 진리의
구조를 만들어 나가는 데에서 비롯하고 있다는 점을 살펴보
았다. 이것을 단순히 방법론적 차원으로 이해하지 않도록
주의를 기울일 필요가 있다. 시인의 태도는 단순히 시의 형
태적 차원에 머무는 것이 아니라 당연하게도 그 자체로 시

인의 윤리적 감각이기 때문이다. 그의 시를 읽어 가면서 우리가 다짐해 본 '용기'가 결국 시집을 덮은 뒤에 만난 개인적 현실 속에서 이어지는 것이 가능하다면, 시인의 태도 역시 스스로 마주한 현실에서 비롯했음은 물론이다.

짧게 인용한 두 편의 작품에서 현실을 마주한 시인의 태도를 비교적 쉽게 확인해 볼 수 있다. 먼저 「푸른 종말」의 경우 시인은 "초미세 먼지가 판을 벌"이고 있는 현실을 포착한다. 그것은 단어 그대로 환경의 문제를 지칭하고 있는데 시인에게 그것은 예외적 상황이 아니라 우리 삶의 방식이 만들어 낸 결과물이기에 더 문제적이다. 현실은 "커다란 굴뚝과 차"의 끝없는 움직임이 "밤이 술술 넘어"가게 만드는 필수 조건이 되고 있으며, "짙게 희뿌연 거리"가 "삶의 바퀴들이 매끄럽게 맞물"리고 있다는 가장 확실한 증거가 되는 모순의 세계이다. 따라서 무엇보다도 먼저 필요한 것은 원인과 결과의 필연적 관계 속으로 과감한 의심을 도입하는 일일 것이다. 시인이 환경문제를 대표적으로 보여 주는 '미세먼지'를 소재로 포착한 뒤 그로 인해 시야가 가려진 상황 속에서 "내일을 꿈꾸는 고단한 몽상가들"의 시선을 탄생시키고 있는 것처럼 말이다.

현실의 인과성에 그 어떤 제약도 받지 않는 유일한 존재로서의 '몽상가'는 「봄을 예약하다」에서 시인과 동일시되어 나타난다. 몽상가로서의 시인은 "겨울의 한가운데에서도 봄이 숨어" 있다고 믿고 있으며, "주변 사람들의 안녕"이 날씨와 직접 연관되어 있다는 믿음을 가지고 있는 유일한 존재이다. 따라서 우리가 경험하지 못한다고 해도 어디에선가 발생하고 있는 "전쟁과 난민"의 경우 역시 일상적 정보인 날씨에 직접 영향을 주는 관계가 된다.

이뿐만 아니라 "나미비아 사막"으로 지리적 상상력을 확장해 나가는 「나쁜 소식 1」이나 마실 물조차 구하기 힘든 민지 못할 상황이 일상인 곳을 배경으로 하고 있는 「날아다니는 물」, 그리고 이 모든 비극적 사건들이 결국 필사적으로 인과를 좇아 살아온 인류의 역사가 만들어 낸 결과였음을 지적하고 있는 「단단한 눈물」과 같은 작품 모두 이와 유사한 시인의 태도를 보여 준다. 의미의 인과를 벗어난 '시인-몽상가'는 이처럼 직접적 관계나 경험에 종속되어 있던 인식의 범주와 세계를 확장한다.

　　동물들의 뇌는 끼니에서 꽃이 핀다
　　밥 한 그릇으로 채워지는 뇌는 머리 굴리지 않는다

　　레이스 식탁보를 깔지 않아도 사자들의 식사는 우아하다
　　김이 나는 물소의 몸뚱이에 허겁지겁 이빨을 박을지라도
　　물소의 피와 살점을 노리는 것은 배 속의 사정이므로

　　물소 한 마리가 한 무리의 사자 식구들에게 꽃이 되는
　과정, 숨이 막히다
　　근질근질, 물소의 몸뚱이가 꽃봉오리로 모아지자

빨간 내장이 세상에서 가장 크고도 화려한 꽃으로 벌
어진다
　　사자들의 혀에서 마무리되는 지극한 꽃향기

　　사람이 사람을 먹는다고 말하면 도덕적인 비애다
　　머리를 굴리느라 머릿속에서 괴상한 구더기들이 바글
거리고
　　억울한 게 많은 사람들이 도덕적인 말투를 붙잡고 한가
득 털린다
　　　　　　　　　　　　　─「모네는 수련을 그렸으나」 전문

　　동물과 사람을 대비시켜 보여 주고 있는 이 작품을 인식
과 세계의 확장이라는 관점에서 주목해서 살펴보자. 자신
보다 힘이 약한 상대를 사냥해서 "피와 살점"이 여과 없이
그대로 드러나는 야생 동물의 "식사" 장면을 목격한다면 누
구나 약육강식의 잔인성을 먼저 지적할 것이다. 하지만 시
인은 오히려 그것이 "배 속의 사정"과 연관된, 그래서 단순
한 만큼 순수한 의도만 존재하는 장면으로 의미를 전환시킨
다. 따라서 이를 읽는 독자들로서는 그와 반대되는 인간의
모습에 더 주목하게 되는데 거기에서 우리는 한 끼의 식사
를 위해서도 최대한 "머리를 굴리"고 그래서 "억울한 게 많
은 사람들"을 발생시키는 오히려 더 '동물적'인 장면을 마주
하게 된다. 우리는 이것을 현실에서의 비인간성 또는 인간

의 위선을 동물에 빗대어 지적해 볼 수 있겠다. 하지만 시인을 따라 여기에서 한 걸음 더 나아가 보자.

우리는 흔히 야생과 본능을 연결시키고 그것과의 대립점에 문명과 이성을 설정해 왔다. 그렇게 구분된 성질을 바탕으로 각각 동물과 인간의 특성을 확정한 것이다. 이것 자체를 그대로 인정한다고 하더라도 인간이 스스로를 판단하는 인식 체계에 이미 동물이 포함되어 있다는 점을 강조할 필요가 있다. 따라서 그것이 어떤 의미이든 '동물'이라는 타자의 항목은 사실상 인간 내면의 반영일 뿐이다. 동물을 이해하고 보호하는 태도를 포함해서 동물에 대한 어떤 비유도 실제의 동물을 이해하는 방식이 아니라 인간 스스로의 행위에 정당성을 부여하는 통로로 활용되어 왔다. 최근 우리 사회는 공장식 축산업의 폐해나 가축전염병의 확산, 환경 위기에 따른 생태계의 위협 등과 관련된 문제를 겪고 있다. 하지만 한편으로 그 이면에서는 반려 산업이 점차 성장해 가는 모순적 상황이 지속되고 있다. 인간의 영양을 위해서 고기가 될 동물을 키우고, 인간의 오락을 위해서는 동물을 감금해 가두면서도 인간의 더 나은 환경을 위해서는 기꺼이 동물을 보호하는 모순된 현실은 변하지 않는 인간 중심의 사고 때문이다.

동물과의 단순한 대비나 인간의 위선적인 사고에 대한 폭로를 넘어 인간과 동물의 경계를 묻는 양수덕 시인의 상상력이 중요한 것은 바로 이 지점이다. 비현실적인 것에 대해 기능을 상실한 존재란 곧 현실적인 것에 대한 기능 역시 상실한 신경증 환자일 수밖에 없다는 바슐라르의 지적을 떠올려 보자. 인간 중심의 편의를 추구하며 동물을 도구적 대상으로만 다루는 것은 결국 상상력에 기반하고 있는 타자와의 소통과 공감에 대한 단절로 이어질 수밖에 없다. 살펴본 것처럼 "동물"과 "사람"에 고착된 의미의 역전 또는 무효를 보여 주는 시인의 상상력은 인간 중심의 현실에서 동물을 포함하는 상상적 영역과 단절되었던 지점을 드디어 복원할 수 있게 만들어 준다.

양수덕 시인의『왜 빨간 사과를 버렸을까요』을 읽기 위해 필요했던 우리의 작은 용기는 이처럼 먼저 의미에서 자유로운 낯선 공간을 통과하게 만들어 주었다. 그 과정에서 끝없는 질문으로 만들어진 시적 구조를 탐색하는 것도 가능했으며, 비인간 동물을 포함해서 타자와의 구별이 없어지는 무한의 상상력으로 우리의 한계를 확장해 보기도 했다. 강조하고 싶은 것은 이 모든 것들이 다시 지금의 현실에서 윤리에 대해 질문하는 원동력으로 전환되어야 한다는 점이다.

풀은 풀인데 소금밖에는 취할 것이 없어서

피를 토하고 너부러질 수 없어서

물오른 독마저 삼켜 버렸다

하늘로 달리는 가지들은

펄에 차린 핏줄기들의 군무

뼈를 태우는 소금 바람결에
두려운 시간을 받아치는, 녹아 한 덩이가 된
빨간 가지들은 온몸을 비틀어 하늘로 하늘로
                                    —「함초, 참 난해한」부분

'함초'가 인상적인 소재로 사용된 이 작품은 양수덕 시인
의 자화상으로 읽을 수 있다. 그렇다면 우리는 시인이 스
스로에 대해 어떤 시선을 가지고 있는지 금세 알게 된다.
여기에서 '함초'는 보통의 다른 풀들이라면 자라지도 못하
는 '벌'에서 살아가는 존재이다. 다른 것들을 살지 못하게
하는 "독"을 양분으로 살아가면서도 그 부정적 성질을 스
스로의 힘으로 최대한 극복하기 위해 애써 "하늘로 하늘
로" 향하는 노력을 포기하지 않는다. 이처럼 양수덕 시인
은 '함초'의 표상을 통해 모순과 부정의 지점들에 뿌리를 내
리고 있음을 분명히 한다. 따라서 그는 모순과 부정에 대
해 누구보다도 더 예민한 감각의 시 쓰기를 운명으로 삼고
있는 셈이다.
    시를 쓰는 행위와 시인으로서의 자신을 표상하는 시 작
품들을 보는 일이 드문 일은 아니다. 회화에서의 자화상이
그런 것처럼, 이 작품에서 양수덕 시인은 창작하는 자신을
다시 시적 구조 안에서 살펴봄으로써 끝없이 스스로를 검
토하려는 의도를 드러내고 있다. 이는 시인과 독자 모두를

자신의 윤리적 기준에 대한 질문으로 이끈다. 이것이 바로 『왜 빨간 사과를 버렸을까요』의 작품들을 관통하고 있는 양수덕 시인의 시적 감각인 동시에, 어쩌면 우리의 현대시가 지향하는 가장 중요한 특성이라고 할 수 있을 것이다.